누아
**Noir**

아름다운 가상을 만들어내는 활자 극장, 알마출판사의 창작희곡 시리즈입니다.

# 누아
**Noir**

신유진 × 장종완

**일러두기**

- 생텍쥐페리의 작품 《인간의 대지》《전시 조종사》《어머니에게 보내는 편지》 《어린 왕자》의 일부 문장을 몇몇 대사에 각색, 인용했다.
- 2024년 12월 18일~19일, 알마출판사 기획·제작, 김정의 연출로 낭독극 〈누아 Noir〉가 공연되었다.

그 어둠 속, 어린 왕자는

*

Nyhavn


이 책은 먼 과거로부터 바로 이 순간까지 우리에게 별처럼 존재하는 생텍쥐페리의 《어린 왕자》에서 시작되었다.

긴 세월 동안 동경과 그리움의 대상이었던 '어린 왕자'가 지금 내 곁으로 찾아온다면?

그는 어떤 모습일까? 어떤 세계에서 살고 있을까? 이런 호기심이 여기까지 이끌었다.

하나 확실한 것은 그는 삐침머리에 긴 망토를 두르고 있진 않을 것이다. 우리의 관념 속에 존재하던 그는 이제 사라지지 않았을까?

어린 왕자가 없는 어린 왕자의 새로운 우주에서 조우하는 활자의 세계와 이미지의 세계를 상상했다.

이렇게 글을 빚는 신유진과 이미지를 창조하는 장종

완 두 작가가 운명처럼 만났다.

신유진이 그린 색을 잃어버린 활자의 세계, 그리고 모든 빛과 색을 품은 장종완의 이미지의 세계는 결코 만날 수 없는 평행우주처럼 보이지만, 한 세계의 끝에서 반드시 다른 세계가 시작되듯 수많은 어린 왕자가 은하수가 되어 두 우주 사이를 잇고 있다.

이 책의 제목 누아Noir는 검정을 의미하는 프랑스어이다. 세상의 모든 빛을 흡수한 태초의 색, 극의 마지막을 알리는 검은 커튼, 막이 내린 후 다시 시작되는 수많은 이야기를 상징하는 누아. 그 어둠 속에서 다시 열리는 새로운 세계로 여러분을 초대하고 싶다.

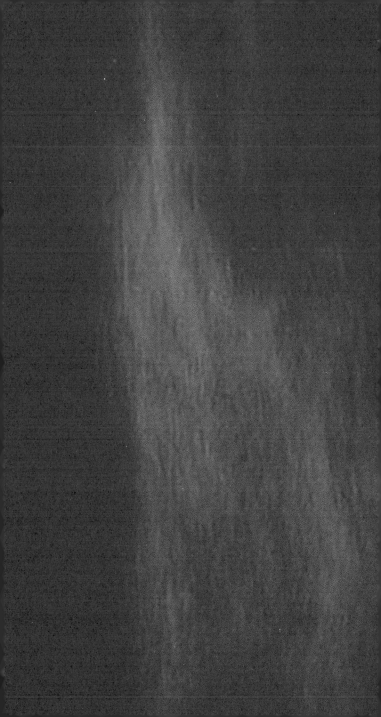

# 차례

등장인물

*

검은 실루엣

목소리

또 다른 목소리

어린 왕자는 소리 없이 사라져버렸다. 내가 그를 뒤쫓아 갔을 때 그는 작정한 듯 빠른 걸음으로 걷고 있었다. 어린 왕자는 내게 그저 이렇게 말했다.

"아! 왔구나……"

그리고 그는 내 손을 잡았지만 다시 고민했다.

"아저씨가 틀렸어. 아저씨는 마음이 괴로울 거야. 내가 죽는 것처럼 보일 테니까. 그게 사실은 아니지만 말이야."

나는 아무 말도 하지 않았다.

"이해하지? 거긴 너무 멀어서 이 몸을 데려갈 수 없어. 그러면 너무 무거울 테니까."

나는 아무 말도 하지 않았다.

"이건 낡은 껍질을 버리고 가는 것과 같은 거야. 낡은 껍

♦  《어린 왕자》 중에서.

질이 슬픈 것은 아니잖아."

　"바로 저기야. 내가 혼자 한 발을 내디딜 수 있도록 내버려둬."

　어린 왕자는 그렇게 말하고 주저앉았다.

　그도 두려웠으니까.

아무 일도 일어나지 않았다. 그저 그의 발목에서 노란 빛이 반짝했을 뿐이었다. 그는 꼼짝하지 않았다. 소리를 지르지도 않았다. 그는 한 그루의 나무가 쓰러지듯 천천히 쓰러졌다. 모랫바닥 때문이었을까. 그 어떤 소리도 들리지 않았다.

그 어떤 소리도 들리지 않았다.

그 어떤 소리도 들리지 않는 무대는 극의 시작일까 끝일까.

시작도 끝도 아닌 기다림일까.

어린 왕자의 세계에는 시작인지 끝인지 알 수 없는 이야기들이 있다.

상자 속의 양,

어린 왕자가 떠난 뒤 소행성을 뒤덮어버린 바오밥나무,

남겨진 여우와 장미,

그 어떤 소리도 들리지 않는 곳으로 사라진 어린 왕자.


어린 왕자는 양이 들어 있는 상자를 한 번도 열지 않았다.

양은 아직 상자 속에 있다.

바오밥나무, 여우와 장미도 상자 같은 이야기 속에 남겨져 있다.

하지만 이것은 그들의 이야기가 아니다. 그들을 가둔 상자의 이야기이다.

아직 열지 않은 상자.

상자의 이름은 기다림이다.

# 1장

하나의
극이

시작되면

무대 위. 커다란 화면에 눈 내리는 풍경이 보인다. 도시에 내리는 눈, 숲에 내리는 눈, 들판에 내리는 눈, 그리고 사막에 내리는 눈. 화면 속 사막에 눈이 내리자 무대 위에도 눈송이가 하나둘 날린다. 거기, 검은 실루엣이 눈을 맞으며 서 있다.

**검은 실루엣**  오늘은 눈이 옵니다.
오늘은 아무 일도 일어나지 않았습니다.

정적 속에 눈이 내린다. 검은 실루엣은 한동안 눈을 맞으며 서 있다.

**검은 실루엣**  오늘은 눈이 옵니다.

나는 이곳에서 기다리고 있습니다.

오늘은 눈이 내립니다. 오늘과 오늘 사이에도 눈이 내렸습니다. 또 다른 오늘에도 눈이 내릴 겁니다.

내가 가진 시간은 오늘뿐입니다. 나는 오래전부터 반복되는 오늘을 살고 있습니다.

오늘은 오래된 오늘입니다.


검은 실루엣이 눈송이를 향해 손을 뻗는다.


**검은 실루엣**  오늘 내리는 눈은 쌓이지 않습니다.

살포시 내려앉았다가 금세 나를 통과해버립니다.


사이.


**검은 실루엣**  그날도 오늘이었습니다. 지금과 같은 오늘이었죠. 아무 소리도 들리지 않았습니다. 소리는 나의 두께와 함께 사라졌고, 나는 납작한 평면이 되었습니다.

나는 오늘을 살 때마다 두께를 잃었고, 얇은 막이 되었어요. 모든 것이 얇아진 나를 뚫고 지나갑니다. 나를 뚫고 가는 것들은 내게 머물 수 없고, 머물 수 없는 것들은 쌓일 수 없습니다.

이제 내게는 아무것도 쌓이지 않아요.

바람도, 눈도, 시간도, 기억도.

바람 소리가 들리고 검은 실루엣은 화면을 바라본다. 화면에 눈 내리는 사막의 풍경이 보인다. 목소리의 나레이션이 시작된다.

**화면 속에서 들려오는 목소리(이하 목소리)** 사막에 함박눈이 내립니다. 황금빛 모래 왕국이 순식간에 설국이 되었습니다. 낙타를 몰고 지나가던 사람들이 걸음을 멈춥니다. 그들은 바닥에 엎드려 신에게 기도를 올립니다.

**검은 실루엣** 내게는 세상을 보여주는 화면과 세상을 들려주는 목소리가 있습니다. 나는 화면을 통해서만 세상을 만날 수 있어요. 나는 납작한 평면이 된 이후 촉각과 후각과 미각을 잃었고, 내게 남은 것은 그 감각들을 가졌던 기억뿐입니다. 하지만 화면으로 만나는 세상에서 그런 것들은 필요하지 않아요. 시각과 청각이면 충분하죠.

화면은 나의 눈이자 귀입니다.

화면은 나의 벽이고요.
나를 가두는 것은 눈과 귀입니다.

화면에 작열하는 태양과 사막이 보인다.

**목소리**　　　태양과 사막은 뜨겁습니다.

화면에 사막여우가 나타난다.

**목소리**　　　사막에는 사막여우가 삽니다.

화면에 비행기가 나타난다.

**목소리**　　　새가 아니어도 하늘을 날 수 있습니다.

비행기가 추락한다.

**목소리**　　　사막은 거대합니다.

**검은 실루엣**　태양과 사막은 뜨겁습니다. 사막에는 사막
여우가 삽니다. 새가 아니어도 하늘을 날 수 있습니다.

사막은 거대합니다.

화면은 나의 눈과 귀이고, 나는 눈으로 태양과 사막, 사막여우를 만집니다. 눈과 귀로 하늘을 날고 추락합니다.

화면에 사막과 사막여우, 하늘을 날다 추락하는 비행기가 반복적으로 나온다.

**검은 실루엣**  세계는 같은 장면의 반복입니다. 나는 매일 같은 것을 보고, 본 것을 다시 잊어버립니다. 그게 내가 사는 방식이에요.

하루 동안 잊고, 잊은 것을 되찾기 위해 애쓰고, 다시 잊는 것.

그러다 영영 잊는 것.

그러다 영영 잃는 것.

그것은 내가 죽는 방식이기도 합니다.

나는 삶과 죽음 사이를 오가며 진자 운동을 합니다.

시작과 끝 사이에서.

왔다 갔다.

사이.

**검은 실루엣**  처음 이곳에 왔을 때, 나는 저게 괴물의 눈인 줄 알았어요. 오직 사막과 사막여우 그리고 비상하고 추락하는 비행기만 볼 수 있는 괴물의 눈이요. 사실 이곳은 그런 게 있어도 이상할 게 없는 곳이니까요. 여기가 그래요, 뭐가 나와도 이상할 게 없지만, 아무것도 나오지 않은 그런 곳이에요. 말하자면, 아직 열지 않은 상자 같은 곳이죠.

열지 않은 상자를 본 적 있나요?

나에게 그런 상자가 있었어요.

상자 속에는 양이 들어 있었고요.

아무도 그걸 열지 않았습니다.


사이.


**검은 실루엣**  열지 않은 상자, 그건 기다림이에요.

양은 기다림 속에 있었어요.

양은 상자를 열어줄 누군가가 오기를 기다리다 상자 그 자체가 되었어요, 기다림이 되었어요.

나의 오늘은 상자이고, 나는 양입니다.

나는 곧 기다림이 될 거예요.

사이.

**검은 실루엣** 하지만 이 기다림에 어떤 목적이 있는 것은 아니에요. 아무 일도 일어나지 않는 곳에서 화면만 바라보다보면 그냥 기다리게 돼요. 묻게 되고요, 듣는 사람도 없는데 나도 모르게 이야기를 시작하게 되죠. 여기는 그런 곳이에요.

화면에 모래가 보인다. 검은 실루엣이 화면에 가까이 다가갈수록 점점 커지는 모래밭. 마침내 화면 전체가 모래로 뒤덮인다.

**검은 실루엣** 온도와 냄새와 질감을 잃은 사막을 매일 화면으로 보고 있노라면 그것은 더는 사막이 아닌 하나의 관념이 되어버립니다. 두려움이랄까, 외로움이랄까… 한 번도 사막을 겪어본 적 없는 이들이 떠올리는 그런 것이요.

사이.

**검은 실루엣** 내가 어릴 때, 한 번도 인간을 만나본 적이 없을 때, 내게 인간은 하나의 관념이었어요.

사랑이랄까, 미움이랄까…… 한 번도 인간을 만나본 적
없는 이들이 떠올리는 그런 것이요.

그래서 나는 긴 여행을 시작했던 거예요.

진짜 사막을 보기 위해.

진짜 인간을 만나기 위해.

관념을 넘어서기 위해.

관념은 늘 진실을 가리니까요.


검은 실루엣이 오랫동안 화면을 바라본다.


**검은 실루엣** 진짜 사막의 모래 위를 걸었을 때, 사막은
내 머릿속에 있던 그런 게 아니었어요.

진짜 인간을 만났을 때, 인간은 내 마음속에 있던 그런
존재가 아니었어요.

나는 사막을 온전히 사막으로 기억하기 위해 늘 같은
장면을 봅니다.

사막은 뜨겁습니다. 사막에는 사막여우가 삽니다. 새가
아니어도 하늘을 날 수 있습니다. 사막은 거대합니다.

나는 인간을 온전히 인간으로 기억하기 위해 늘 같은
이야기를 시작합니다.

인간은 뜨겁습니다. 인간은 사막여우를 길들입니다. 인간은 어떤 새보다 높이 날기를 원하지만, 땅에서 살아가야 합니다.

이 모든 것을 배우는 데 꼬박 하루가 걸렸어요. 나는 사막과 인간의 진실을 기억하기 위해 하루를 쓰고, 하루를 쓰고 나면 기억은 그 하루와 함께 사라집니다.

하루가 사라지면 다시 하루가 오고,

하루와 함께 관념도 찾아옵니다.

나는 사막과 인간의 진실을 기억하기 위해 하루를 쓰고, 하루가 끝나면 진실도 사라집니다.

이곳은 그런 곳이에요.

하루 치 진실이 있는 곳.

하루가 영원인 곳.


화면에 눈 내리는 사막이 보인다.


**목소리**　　사막에 함박눈이 내립니다. 황금빛 모래 왕국이 순식간에 설국이 되었습니다.


검은 실루엣이 눈 내리는 화면을 향해 손을 뻗는다. 무대 위로 떨어지는 눈이 검은 실루엣의 손에 닿는다.

**검은 실루엣**  앗, 뜨거워!
태양과 사막은 뜨겁습니다.
저기!

검은 실루엣이 화면 너머를 가리키려고 하지만 그 손가락이 가리키는 곳을 화면이 가로막고 있다.

**검은 실루엣**  저쪽이에요!
뭔가 달아나는 게 보이나요?
금방이라도 잡힐 듯 꼬리를 흔들며 달아나는 게 보여요?

검은 실루엣이 가리키는 곳에는 아무것도 없다.

**검은 실루엣**  지금 달아나는 것은 나의 기억입니다.
태양과 사막과 사막여우입니다.
저기 추락하는 게 보이나요?

검은 실루엣이 가리키는 곳에는 화면 속 눈 내리는 사막이 있다.

**검은 실루엣**  지금 추락하는 것은 나의 기억입니다.


검은 실루엣이 무대 위에 떨어지는 눈송이를 움켜쥔다.


**검은 실루엣**  앗, 뜨거워!
기억은 사라져도 감각은 남아 있습니다.
나는 태양과 사막이 뜨겁다는 것을 압니다. 태양과 사막을 말할 때 내 몸이 뜨겁거든요.
내게는 아직 뜨거운 어떤 것이 남아 있습니다.


화면이 바뀐다. 태양이 작열하는 사막. 사막 위를 걷는 조종사의 뒷모습이 보인다.


**목소리**      조종사는 사막의 태양이 뜨겁다고 말합니다.


검은 실루엣이 화면 속의 사람을 따라 걷는다.


**검은 실루엣**  뜨거운 햇빛이 목덜미를 때리던 감각.


화면 속 모래를 만지는 손이 보인다.

**목소리**     조종사는 모래가 너무 뜨거워 손에 쥘 수
없다고 말합니다.

**검은 실루엣** 손에 쥐었을 때 까슬하고 뜨거운 것이 빠져
나가던 감각.

화면 속 모래 위에 발자국이 생겼다가 지워진다.

**목소리**     조종사는 모래가 모든 것을 지운다고 말합
니다.

**검은 실루엣** 모래 위의 흔적이 지워지던 감각.
그런데 지워지는 게 감각이 맞습니까?
지워지는 것은 까슬하고 뜨거운 것인가요?
까슬하고 뜨거워서 손에 잡히지 않고 빠져나가는 그런
것이요?

화면은 다시 눈 내리는 장면으로 바뀐다.
무대 위에도 눈이 하나둘 떨어진다.

**검은 실루엣** 오늘은 눈이 내립니다.

내가 처음 이곳에 왔던 날, 그날도 눈이 내렸습니다.

나는 사막에서 이곳으로 왔습니다. 어떤 사람들은 내가 뱀에게 물려서 그렇게 됐다고 하지만, 사실 노란 뱀은 아무 잘못이 없어요. 나는 그저 낡은 껍질을 벗었을 뿐입니다. 그건 그 시각에, 그곳에서 이뤄져야 했던 일이었어요. 그 뱀은 나를 도와줬을 뿐이에요.

나는 모랫바닥에 누워 나를 구성하는 물질의 일부를 덜어냈어요. 그래서 아주 가벼워졌죠. 너무 가벼워서 모래 위로 미끄러질 만큼.

그렇게 긴 오늘 동안 몇 번의 미끄러짐을 반복했습니다. 오늘을 살 때마다 미끄러졌고,

미끄러질 때마다 나는 두께를 잃었어요.

사이.

**검은 실루엣**  내가 껍질을 하나씩 잃을 때마다 눈이 내렸습니다.

첫 번째 눈은 노란 뱀이 나의 발목을 휘감았을 때,

두 번째 눈은 모래바람이 나를 덮쳤을 때,

세 번째 눈은 모래들이 개미 떼처럼 내 몸에 기어들어갔을 때,

네 번째 눈, 다섯 번째 눈…….

이제는 세지 않습니다.

오늘이 반복된다는 것을 깨달은 이후 내게는 숫자를 세는 일이 무의미해졌거든요.

사이.

**검은 실루엣**  어떤 나라에서는 누군가 죽으면 흰색 상복을 입는다고 합니다. 죽음은 하얗고 투명한 것이라서. 죽음은 깨끗한 것이라서.

죽음이 뭔지 아직 잘 모르지만, 한 가지 확실한 것은 빛에 반응하지 않는다는 것입니다.

죽음은 태양을 똑바로 바라볼 수 있는 거예요. 어떤 강렬한 빛에도 눈을 깜빡이지 않고 볼 수 있는 것.

사이.

**검은 실루엣**  내가 미끄러졌을 때, 처음에는 외부의 모든 빛이 내게 부딪쳐 반사됐어요. 내가 있던 곳의 반경 십 킬로미터가 눈보라에 휩싸였죠. 사실 그건 눈이 아니라 반사되어 부서진 빛의 조각들이었어요.

세상의 모든 빛이 내게 와서 부서졌죠. 그럴 때마다 나는 조금씩 허물어졌고요, 허물어지며 미끄러졌어요. 그리고 종잇장처럼 얇아졌죠.

이제 종잇장은 닳아버려 구멍이 났고, 그 구멍을 뚫고 빠져나가는 것들이 있습니다. 보이시나요?

사이.

**검은 실루엣** 나를 둘러싼 세계는 빛의 파편들로 온통 하얗고, 나의 구멍은 점점 커졌어요.

빛이 내게 부딪쳤다 달아날수록 나의 구멍은 어두워졌죠.

사이.

**검은 실루엣** 눈이 내리는 건 세상이 상복을 입은 것이라고 말해준 꽃이 있었어요.

그 꽃은 나의 첫 번째 시선이자 목소리였고, 나의 첫 번째 벽이었습니다.

"눈이 오면 영혼은 길을 떠나."

언젠가 나의 꽃은 그렇게 말했습니다.

그 꽃은 길을 떠나는 영혼을 본 적이 있다고 했어요. 밤에 그런 영혼을 보고 잠들면 아침에는 어김없이 눈물이 맺혔다고 했어요.

나의 꽃은 그런 존재였죠. 날카로운 가시를 창처럼 들고 아침마다 봉오리 안에 눈물을 숨겼어요.

"눈이 오면 영혼은 길을 떠나. 언젠가 너도 그러겠지."

나의 꽃이 그렇게 말했어요.

저길 보세요.

오늘도 눈이 오고 있잖아요.

하지만 이곳의 오늘은 아직 아무 일도 일어나지 않았습니다.

그곳의 오늘은 어떤가요?

눈이 오고 있나요?


화면 속에는 하얀 사막이 펼쳐진다.


**검은 실루엣** 눈이 오면 사람들은 이렇게 기도합니다.

"신이시여, 나의 영혼을 괴롭히고 타락시키는 눈멂으로부터 나를 구원하소서."

그들은 신기루에 속지 않고 제대로 보는 법을 깨닫기 위해 평생 사막을 떠돌아다닙니다.

사이.

**검은 실루엣**  사막에 처음 눈이 내린 날, 사람들은 외쳤습니다.
"신이시여, 나의 눈멂으로부터 나를 구원하소서."
나도 그들을 따라 외쳤습니다.
"신이시여, 나를 구원하소서, 이 하얀 어둠 속에서 제대로 보게 하소서."
나는 보고 싶었습니다.
눈 내리는 풍경과 세상의 모든 빛을 반사한 그 죽음의 색을.
내가 눈을 떴을 때, 새가 아닌데 하늘을 나는 것이 하얀 회오리 속에 갇혀 있었습니다.
추락하는 것이 있었어요.

바람 부는 소리가 들린다. 검은 실루엣이 휘청거린다.
화면 속에서 눈이 펑펑 쏟아진다.

**검은 실루엣**  지금 나를 통과하는 바람은 사막에서 불어온 것입니다.
내 영혼을 뚫고 가는 이 바람이 보이시나요?

바람이 나를 지나갈 때 내 안의 어떤 것들이 흩어졌습니다. 날아갔습니다. 텅 빈 자리만 남습니다.

사이.

**검은 실루엣**  내게도 이 안이 꽉 차 있었던 때가 있었어요. 양이 들어 있는 상자처럼.

실루엣은 자신의 검은 몸(옷)을 가리킨다.

**검은 실루엣**  여기예요.
이 구멍으로 모든 게 빠져나갔어요.

어두운 화면. 그 화면에는 작은 구멍이 있고, 구멍은 점차 커져 마침내 화면 전체가 구멍 안에 있는 것처럼 암흑에 싸인다.

**목소리**     조종사는 말합니다.
"이건 상자야. 네가 원하는 양은 이 안에 있어."

**검은 실루엣**  양이 들어 있는 상자를 본 적 있나요?

내 몸처럼 검은 상자 안에 사는 양은요?

나는 본 적이 있습니다. 기억이 달아나버려서 어떤 양인지 말해줄 수는 없지만 양을 만졌던 감각은 남아 있어요.

양을 만지면 이불을 만지는 느낌이었어요.

내가 만진 이불이 어떤 이불이었는지 표현할 수는 없지만 그 이불을 만진 감각은 여기 남아 있습니다.

이불을 만지면…… 뜨거웠어요.

사막처럼.

태양처럼.


사이.


**검은 실루엣** 그건 창 너머에 있는 이불이었죠.


검은 실루엣이 화면을 바라본다. 화면에 깊고 어두운 곳으로 천천히 들어가는 발걸음이 보인다. 멀리 있는 희미한 빛을 좇아 발걸음이 다다른 곳에는 작은 길이 있고, 그 길을 따라가면 어느 동네의 풍경이 나타난다. 빨래가 널려 있는 집, 커튼이 드리워진 집, 창문을 활짝 연 집, 마당이 있는 집. 집들이 보이고, 동네를 지나다니는 사람들이 보이고, 걸음은 다시 동네 골목으로 이어진다.

**검은 실루엣** 낯선 마을이었습니다. 한참을 걷다 도착한 곳이었어요. 나는 샘을 찾는 중이었죠.

꽤 멀리까지 갔어요.

샘은 늘 저 너머에 있었으니까.

당신이 있는 거기, 그 사막 너머에.

저기 저 화면 너머에.

나의 눈과 귀가 닿지 않는 곳에.

샘은 늘 너머에 있었고, 나는 나의 눈과 귀를 넘어서야 비로소 샘에 이를 수 있었어요. 그건 시간이 필요한 일이었죠. 다행히 내게는 늘 시간이 아주 많았어요.

시간을 만드는 법을 아세요?

시간을 만들려면…… 기다려야 해요. 시간의 재료는 기다림이니까요. 당신이 기다림의 주체가 되면, 그 시간은 당신 것이 되죠. 기다리는 동안 우리가 가질 수 있는 것은 오직 시간뿐이에요.

해가 떠 있는 동안, 나는 그 사람을 기다렸어요. 그 사람은 우리가 만났던 그 사막에서 벗어나기 위해 고철 덩어리를 고쳐야 했거든요. 새가 아니지만 하늘을 날 수 있는 그것이요. 나는 그를 만나기 전에 이미 한 번의 이별을 겪었고, 그래서 기다림이 무엇인지 알았죠. 나는 기다리는 법을 알았어요. 기다림의 가장 좋은 친구를 아시나요? 바로 질문이에요. 나는 그 사람을 기다리며 물었어요. 뭘 물었느냐고요?

그 사람의 시선으로 보고, 그 사람의 목소리로 들을 수 있는 것이요. 어린 시절, 새가 아니어도 하늘을 나는 것, 사막, 그가 아는 모든 것이요.

그때 나는 기다림과 질문의 끝에서 이야기가 시작된다는 것을 어렴풋이 알게 됐어요.

그러고 보니 지금과 다르지 않네요.

나는 나의 껍질을 다 잃고도 여전히 기다려요. 묻고 있고요, 이야기하고 있어요.

나는 애초에 기다림이었나봐요. 질문이었나봐요. 아니, 이야기였나봐요.

껍질을 잃고 나니 조금 알 것 같아요.

이제는 알아도 소용없지만. 지금 나는 나의 소용없음도 소용일 수 있음을 받아들이는 중입니다.


사이.

**검은 실루엣** 해가 쨍쨍한 어느 오후, 나는 그를 기다렸고, 기다림은 내가 샘을 찾아 떠나게 했죠.

사막에서 샘을 찾는 일은 무언가를 향해 천천히 나아가는 즐거움이었어요. 내가 오후 네 시에 우물에 도착한다면, 나는 내가 출발한 세 시부터 행복할 수 있었어요. 사실 네 시에 우물에 도착했을 때보다 세 시에 더 행복했는지도 몰라요. 우물이 하나의 관념이었을 때 그것은 진실로부터 멀리 있었고, 그래야만 행복할 수 있었죠. 우물에 도착해서 다 말라버린 우물의 진실을 발견하면 괴로울 테니까요. 그래서 나는 우물에 도착하지 않기 위해 늘 주변을 맴돌기만 했어요. 사실 나는 줄곧 그런 식으로 여행했었죠. 도착해버리는 게 무서웠거든요. 나를 기다리는 이를 만나는 게 두려웠어요. 텅 빈 바닥을 보이는 게, 상대의 시커먼 속을 보는 게 두려웠어요.

어쩌면 나는 세 시에 머물고 싶었는지도 몰라요.

하지만 나의 의지와 상관없이 시간은 흐르고 네 시는 찾아오죠. 언젠가는 원치 않아도 도착하게 돼요. 나를 앞으로 나아가게 하는 것은 내 걸음만이 아니니까. 바람 같은 세월이 있고, 유수 같은 시간이 있으니까.

사이.

**검은 실루엣** 그날이 그런 날이었어요. 나도 모르게 그 마을에 도착해버렸죠.

해가 살짝 기울기 시작했고, 굴뚝에서는 연기가 올라왔어요. 마당에서는 아이늘의 웃음소리가 들렸고요, 빨랫줄에 아직 빨래가 널려 있었어요. 그 형형색색의 빨래들이 어찌나 예쁘던지…… 꼭 영혼들 같았어요.

집집마다 걸려 있는 영혼들.

화면에 하늘을 나는 비행기가 보인다.

**목소리** 조종사는 하강하는 순간을 사랑했습니다. 그가 대지를 향해 천천히 속도를 줄이면, 인간의 삶을 달콤하게 하는 모든 것이 그를 향해 커다랗게 다가왔습니다. 집, 작은 카페들, 나무들과 산책길, 어머니와 아이가 있는 풍경. 마을을 가득 채운 삶의 냄새가 그를 사로잡았습니다.

**검은 실루엣** 아, 방금 달아나는 기억의 꼬리를 붙잡은 것 같아요. 그 마을의 냄새가 떠올랐거든요. 빵 굽는 냄새, 양배추와 감자 익는 냄새, 커피 냄새, 빨랫줄에 걸린 빨래 냄새. 이제는 맡을 수 없는 냄새죠. 이곳에는 냄새가 없으니까. 아무 냄새도 없어요. 그러나 어떤 온기는 옅은 숨처럼 코끝에 남아 있습니다. 이제 생각났어요. 나는 그 냄새에 끌려 그 마을에 들어갔던 거예요.

검은 실루엣이 화면을 본다.
어느 가정집의 식탁이 보인다. 커피와 빵, 버터, 잼, 주스, 나이프와 포크가 놓인 식탁과 그 위를 오가는 여자의 손. 여자의 손이 빵에 버터를 바르고 우유를 컵에 따른다. 여자의 손이 빵을 건네자, 아이의 손이 빵을 받는다. 아이의 두 손이 컵을 꼭 쥔다.

**검은 실루엣** 빵 냄새, 커피 냄새, 버터 냄새, 우유 냄새. 아이 냄새 그리고 엄마 냄새. 언젠가 그가 내게 엄마 냄새가 그립다고 말했어요.
엄마 냄새, 그건 뭘까요?
엄마 냄새는 엄마 냄새처럼 생겼을까요?
엄마 냄새를 만지면 어떤 느낌이 날까요? 뜨거울까요?
나는 나의 모체를 알지 못해요.
나의 모체의 냄새도.

화면 속 여자의 얼굴이 매우 가깝게 보인다.

**목소리**　　조종사는 말했습니다.

"내가 아는 것 중에 가장 따뜻한 건 밤마다 엄마가 덮어
줬던 이불이야.

그 이불에서는 엄마 냄새가 났지.

어떤 냄새는 손으로 만질 수도 있어.

엄마 냄새, 그걸 만지면 손바닥이 따뜻했어."

**검은 실루엣**　엄마 냄새는 따뜻합니다.

어떤 냄새는 손으로 만질 수도 있습니다.

엄마 냄새를 만지면 따뜻합니다.

따뜻한 걸 오래 만지면 뜨거워집니다.

화면에 두 손에 컵을 쥐고 있는 아이가 보인다.

화면 정지.

**검은 실루엣**　창 너머의 그 아이는 두 손에 컵을 꼭 쥐고
있었어요.

검은 실루엣은 컵을 쥐는 흉내를 낸다.

**검은 실루엣**　앗, 뜨거워!

우유가 든 컵을 쥔 아이를 봤을 때, 내 손바닥은 이렇게 뜨거웠어요. 손바닥부터 심장까지 데울 만큼.

화면 속 멈췄던 장면이 다시 이어지고 쨍그랑 소리와 함께 아이가 우는 소리가 들린다.

**검은 실루엣** 아이의 손에서 우유가 든 컵이 미끄러졌어요.
"앗, 뜨거워!"
우유가 담겨 있던 컵은 바닥에 떨어져 산산조각 났고, 하얗고 뜨거운 액체는 폭발하듯 사방으로 튀었습니다. 엄마는 아이를 안아 올렸고요. 아이는 눈물을 터뜨렸습니다. 엄청 뜨거운 눈물이었어요. 나는 뜨거운 눈물을 봤습니다. 눈물이 어떻게 생겼는지 이제는 기억나지 않지만, 그 감각은 내게 남았어요. 뜨거운 눈물의 감각 말입니다.
생각만으로도 너무 뜨거워요.
손끝이 저릿저릿할 만큼.

사이.

**검은 실루엣**  엄마는 아이를 안고 옆방으로 갔어요. 나는 그 집의 창문 밑에서 조용히 그들을 따라갔죠. 들키지 않으려고 몸을 숙였어요. 옆방 창문은 활짝 열려 있었어요. 나는 방안을 엿봤죠. 나쁜 짓을 한 것도 아닌데, 가슴이 두근거렸습니다.

화면에 아이의 엄마가 아이를 침대에 눕히는 모습이 보인다. 엄마는 하얗고 보드라운 이불을 아이에게 덮어준다. 이불을 천천히 끌어당기는 손, 이불 위로 아이를 부드럽게 다독이는 손이 보인다.

**목소리**      이불은 엄마처럼 따뜻합니다.
따뜻한 것을 오래 만지면 뜨거워집니다.
눈을 만지는 것처럼.
뜨거운 것을 오래 만지면 눈물이 납니다.
눈이 내리는 것처럼.

화면은 이불을 만지는 손에서 하얀 이불로, 다시 눈 내리는 풍경으로 바뀐다.

**검은 실루엣** 이불을 만지면 엄마가 느껴집니다.

엄마를 만지면 따뜻합니다.
따뜻한 걸 오래 만지면 뜨거워지고
뜨거운 것을 만지면 눈물이 납니다.

무대 위로 다시 눈이 떨어진다. 검은 실루엣이 손을 뻗어 눈을 만진다.

**검은 실루엣** 앗, 뜨거워!
느껴지시나요? 얼마나 뜨거운지.

검은 실루엣이 고개를 들어 떨어지는 눈을 바라본다.

**검은 실루엣** 나는 창문 너머로 그 하얀 이불을 바라보며 서 있었습니다. 눈앞이 지금처럼 뿌옇게 번졌어요. 펄펄 눈이 오는 것처럼. 눈에 눈이 들어간 것처럼 뜨거웠죠. 이유는 모르겠지만 도망치고 싶었어요. 얼굴이 빨개졌고, 어서 그 자리를 떠나야겠다는 생각뿐이었죠. 그런데 순간, 아이의 엄마와 눈이 마주쳐버렸어요.

사이.

**검은 실루엣**  아이의 엄마가 거기, 창 너머에 있었죠.

아이의 엄마는 나를 십 초쯤 바라봤습니다. 아니, 십 초가 아니라 십 분이었나? 아니, 열 시간, 아니 열흘? 지금은 모르겠어요. 그 순간이 여기까지 계속 따라와 영원이 되어버린 것은 아닌지…….

어쩌면 나는 아이의 엄마가 창문을 열고 내게 말을 걸어주기를 기대했는지도 몰라요.

"너도 따뜻한 곳으로 들어올래? 하얗고 푹신한 이불 속으로?"

그렇게 말해주기를.


사이.


**검은 실루엣**  하지만 아이의 엄마는 재빨리 창문과 커튼을 닫았습니다.

나는 닫힌 창과 커튼 뒤에 남겨졌고요.

닫힌 커튼을 사이에 두고 세계는 둘로 나뉘었어요.

안과 밖으로.

화면 너머 저쪽과 이쪽처럼.

당신이 있는 그쪽과 내가 있는 이쪽처럼.

오늘과 오늘 너머의 시간처럼.

화면에 다시 길을 걷는 이의 발이 보인다. 발은 골목을 벗어난다. 골목은 다시 어둠 속으로 이어진다. 화면은 점점 어두워지다 완전히 새까매진다. 걸음 소리만 들린다.

검은 실루엣이 걷는다.

**검은 실루엣** 얼마나 걸었는지 기억나지 않습니다. 나는 걷고 또 걸었어요. 한참 걷다 뒤돌아보니 내가 떠나온 마을 위로 풍선 같은 것들이 날아오르고 있었죠. 어느 집 빨랫줄에 걸려 있던 옷들과 비슷한 색깔이었어요. 그것들은 높이 올라갈수록 색이 점점 바랬어요. 어떤 것들은 하얗게, 어떤 것들은 점점 시커멓게. 그건 영혼들이 맞을 거예요. 영혼은 녹은 눈처럼 쉽게 증발하거든요. 운이 좋은 영혼들은 대기층을 뚫고 더 높게 올라가 우주의 별이 되고, 무거운 영혼들은 위로 올라갔다 구름에 걸려 다시 지상으로 돌아오는 일을 반복해요. 영혼의 무게는 시간과 기억이고요.
영혼의 숙명은 시간과 기억을 잃는 것입니다.

어두운 화면이 이어지고 발걸음 소리가 멈춘다. 검은 실루엣도 제자리에 선다. 종이 넘기는 소리와 연필로

사각사각 그림을 그리는 소리가 들린다. 검은 실루엣이 화면을 바라본다. 화면에 검고 네모난 상자가 있다.

**목소리**　　조종사는 말합니다.
"너는 어디에서 왔니? 네가 사는 곳은 어디야? 내가 그려준 양을 어디로 데려가려고 하니?"

**검은 실루엣**　내가 어쩌다 이 상자 속에 들어오게 됐는지 모르겠습니다. 아시다시피 기억이 멀리 달아나고 있으니까요.
지금 내게 남은 기억은 사막뿐이에요. 내가 마지막에 있었던 곳이요.
땅에 쓰러질 때 내 몸에 닿았던 까슬하고 뜨거웠던 모래의 느낌이 기억납니다.
바람이 불어서 모래가 코와 귀와 눈과 벌어진 입으로 들어왔던 것도.
모래가 온몸의 구멍을 틀어막은 것도.
마지막 숨이 모래벽에 부딪쳐 돌아왔던 것도.
영원히 반복되는 오늘 안에 갇힌 것도.
모두 감각으로 남아 있습니다.

**목소리**　　조종사는 말합니다.

"네가 원하는 것은 이 상자 안에 있어."

아이는 답합니다.

"그래, 이게 내가 원하던 거야."

조종사는 말합니다.

"네가 원하는 것은 이 상자 안에 잠들어 있어."

아이는 고개를 숙이고 상자 안을 들여다봅니다.

조종사는 말합니다.

"잠들어 있어."


**검은 실루엣**　내가 마지막으로 머물렀던 그 사막을 생각하면 어떤 목소리가 들립니다. 목소리는 내게 묻습니다.


**목소리**　　"너는 어디에서 왔니?"


**검은 실루엣**　그 목소리는 마치 새가 아니어도 하늘을 나는 것을 닮았습니다. 그래서 나는 목소리를 타고 하늘을 날 수 있을지도 모른다고 생각했어요. 하지만 날아오르는 상상을 하면 이내 추락이 두려워집니다. 내가 붕 뜨는 기분을 느꼈을 때, 나를 단번에 잡아끄는 것, 그것은 중력을 가장한 두려움입니다.

검은 실루엣이 화면을 본다. 화면에 사막의 황금색 모래밭이 보인다. 사막의 모래 위를 걷는 발. 발자국이 남는다.

**검은 실루엣** 나는 사막에서 중력을 배웠습니다. 나를 땅으로 잡아끄는 힘, 나를 붙잡는 그 힘이 지금도 관습처럼 남아서 아직 떠날 수 없는 거예요. 그 감각이 모두 사라져야 오늘을 끝낼 수 있지 않을까요.

그렇지만 오해하지는 마세요. 한때 나는 그 느낌을 아주 사랑했어요. 발이 땅에 닿는 느낌이 너무 황홀해서 온 사막을 다 헤집고 다닐 때도 있었죠. 아름답지 않나요? 내가 걸을 때, 내 발이 모래 위에 발자국을 남긴다는 사실이! 그것만큼 존재를 선명하게 증명하는 일이 없잖아요.

모래 위에 새겨진 내 발자국을 처음 봤을 때, 온몸에 전율을 느꼈습니다.

아! 살아 있다는 것은 이런 것이구나. 내 영혼과 육체의 모든 무게가 여기 이 작은 발자국 안에 담겨 있구나! 나는 이 드넓은 사막의 일부이구나!

검은 실루엣은 눈을 감고 그때 그 감각을 되찾기 위해

애쓴다.

**검은 실루엣**  사막에 오기 전에는 단 한 번도 그런 걸 느껴본 적이 없었어요. 나는 아주 고요한 곳을 공기처럼, 먼지처럼 떠다녔거든요. 이곳과 비슷한 곳이었어요. 뭐가 비슷했느냐고요? 하루에도 지는 해를 몇 번이나 볼 수 있다는 것, 그리고 오늘이 영원처럼 길다는 것.

화면이 바뀐다. 태양이 보인다. 검은 실루엣이 의자를 가져와 앉는다.

**목소리**      조종사는 조금씩 아이의 쓸쓸한 생활을 알게 됐습니다. 아이에게 구경거리라고는 그저 해가 지는 아름다운 광경뿐이었습니다.

**검은 실루엣**  해가 지길 기다리고 있습니다.
이곳에서 나의 일은 기다리는 것입니다.

검은 실루엣이 의자에 앉아 화면을 바라본다. 화면에는 여전히 해가 떠 있고, 검은 실루엣은 의자의 방향을 바꾼다.

**검은 실루엣**  내게 해를 바라보는 방법을 가르쳐준 사람이 있었습니다. 우리는 저 사막에서 만났어요. 그는 나를 어린아이라고 생각했지만, 그건 그가 나의 생성을 알지 못했기 때문이었죠.

사이.

**검은 실루엣**  나 같은 존재들은 탄생을 생성이라고 불러요. 소멸은 분열이라고 하죠. 내가 어릴 때 나보다 먼저 생성됐던 이들이 우리는 어떤 존재인지, 존재가 무엇인지, 우리의 시작과 끝은 어떤지 내게 들려준 적이 있어요. 물론 당신은 믿을 수 없는 이야기일 거예요. 진실을 증명할 방법도 없고요. 이제 그들은 없고 이야기만 남았으니까.

**목소리**    아주 오래전에 신은 물과 불, 공기, 흙을 뒤섞어 가장 탁월한 성질의 불꽃을 만들었습니다. 신은 그 불꽃들을 태양과 달과 별 천체 사이에 씨앗처럼 흩뿌렸습니다. 작은 신들은 그 흩뿌린 불꽃들을 몰래 주워 모아 소꿉놀이를 했습니다. 그들은 불꽃과 흙을 뒤섞어 인간을 만들었습니다. 한편 작은 신들에게 선택받지 못한 불꽃들은 우주를 떠돌아다녔습니다. 그들이 우주에서 헤맨 시간은 신이 인간에게 정성을 쏟은 시간보다 훨씬 길었습니다. 그들은 우주에서 살고, 진화해왔습니다. 그들은 몇 번의 융합과 분열을 거쳐 마침내 우주의 별이 되었습니다.

**검은 실루엣**  내가 어떤 존재인지를 밝히자 그는 이렇게 말했어요.
"그러니까 너는 불꽃이구나."
하지만 그에게 중요한 것은 생성도 분열도 아닌, 지금 불꽃으로 존재하는 나였죠.

검은 실루엣이 자신의 검은 몸을 살핀다.

**검은 실루엣**  그런데 이렇게 검게 식은 불꽃도 있을까요?

사이.

**검은 실루엣**  어쩌면 식은 불꽃의 이야기를 이어가는 게 내 몫인지도 모르겠어요.
불꽃이 검게 식어 재가 된 이야기.

**목소리**    불꽃이 분열하는 방식은 별들과 유사합니다. 불꽃은 더 높은 온도와 압력에 도달하여 탄소와 산소, 기타 물질들과 합쳐져 점점 더 무거운 원소를 만들어냅니다. 무거워진다는 것은 폭발에 가까워짐을 의미하고, 그것은 분열이라 불립니다. 분열은 스스로가 너무 무거워져 폭발해버리는 일입니다. 불꽃이 폭발할 때 방출된 물질은 다른 불꽃의 생성을 돕습니다. 하나의 불꽃에는 언제나 다른 불꽃이 분열한 흔적이 존재합니다.

**검은 실루엣**  이야기는 중력 같은 것이에요. 존재의 증명이자 흔적입니다. 소멸조차도 삶의 일부로 만드는 일이고요.
내게 남은 이야기는 나보다 먼저 사막을 헤맨 누군가의 발자국입니다.

화면에 붉은 빛이 번진다.

**검은 실루엣**  내가 사막을 떠나기 전날이었어요. 우리는 해 지는 광경을 함께 보고 있었죠.

사이.

**검은 실루엣**  우리는 아무 말도 하지 않고 지는 해를 바라봤습니다.

**목소리**　　모든 생명체 안에는 핵이 있습니다. 그것은 생명체의 핵심이지만, 너무 작아서 눈으로는 볼 수 없습니다. 핵은 융합하고 분열하고 소멸합니다. 핵은 소멸하는 순간에도 융합합니다. 몇 번의 융합과 분열을 거친 생명체는 우주의 별이 됩니다.

**검은 실루엣**  해가 지고 있었어요.

**목소리**　　분열은 본질로 돌아가려는 몸짓입니다.

**검은 실루엣**  나는 본질로 돌아가기 시작했어요.

**목소리**　　융합은 다시 태어나려는 시도입니다.

**검은 실루엣**  나는 다시 태어나기 위해 기다리고 있어요.

**목소리**　　소멸하는 모든 것은 별이 됩니다.

**검은 실루엣** 기다림은 나의 일입니다.

화면에 해가 지는 풍경이 보인다.

**검은 실루엣** 그는 내가 불꽃이라고 믿었지만, 내가 정말 무엇인지는 이 분열의 끝에 이르러야 알 수 있을 거예요. 그것이 아마도 내가 여기, 이 오늘에 머물러 있는 이유일 것이고요.
물론 사람들이 나를 뭐라고 부르는지, 어떻게 생각하는지는 알고 있습니다만, 그건 너무 오래전의 일이에요. 나를 봐요. 이제는 어린아이가 아니잖아요. 나를 있는 그대로 봐주세요. 눈과 시간과 기억이 통과하는 얇은 막으로. 구멍 뚫린 검은 상자로, 식은 불꽃으로.
이런 나는 어떤가요?

사이.

**검은 실루엣** 어떤 사람들은 평행을 몰라요. 어딘가에 존재하는 세계를 자신과 나란히 두는 건 어려운 일이니까요.
당신은, 지금 내 말을 듣고 있는 당신은 아니겠죠? 아니라면 거기 앉아봐요. 나와 나란히 앉아서 해 지는 풍경을 바라봐요. 이 사막 뒤편에서 볼만한 것이라고는 그것밖에 없잖아요.

해를 보기 위해 눈을 감아봐요.

나를 불꽃이라고 믿었던 사람은 내게 말했어요.

"해가 천천히 지는 것을 느껴봐. 지는 해가 너의 온몸을 붉게 물들이는 것을. 보는 게 아니라 느끼는 거야."

그러니까 당신도 거기서 느껴봐요. 눈을 감고 해가 지는 풍경을 보세요.


검은 실루엣은 눈을 감지 않고 화면을 똑바로 바라본다.


**목소리**　　아이는 눈 한번 깜빡이지 않고, 해를 봅니다.


화면에 일몰이 비친다. 도시의 건물 뒤로, 바다 위로, 대지 위로, 산 너머로 해가 지는 풍경.


**목소리**　　작은 별에서는 의자를 뒤로 물려놓기만 하면 언제든지 해 지는 광경을 볼 수 있습니다.

"어느 날은 해 지는 걸 마흔네 번이나 본 적도 있어."

아이는 말합니다.

"슬픈 날에는 해가 지는 걸 보는 게 좋아."
아이가 말합니다.


**검은 실루엣**  슬픈 날에는 해 지는 걸 보는 게 좋아요.
어느 날은 해 지는 걸 마흔네 번 봤어요.
어느 날은 해 지는 걸 여든여덟 번 봤어요.
어느 날은 해 지는 걸 백서른두 번 봤습니다.
하루는 영원이고 슬픔은 무한대입니다.


화면 속 해가 완전히 지고 밤이 찾아온다. 검은 실루엣
이 의자에서 일어나 무대 위를 천천히 걷는다.


**검은 실루엣**  마흔네 번째 해가 지던 날, 나는 내가 살던
곳을 떠나왔어요. 작은 별을 천천히 걸어나와 우주를
가로질러 사막까지 왔죠. 걷는 동안 나는 생성과 분열
을 생각했습니다. 나의 본질을 생각했어요. 우주는 그
런 것을 생각하기에 좋은 장소예요. 끝없는 질문을 반
복하기에 좋죠. 질문이 내가 되고, 내가 질문이 될 때까
지, 그래서 답이 중요해지지 않을 때까지.
나는 나의 본질을 물었습니다.
나는 기체일까, 액체일까, 고체일까.

나는 기쁨일까, 분노일까, 슬픔일까.

나는 선일까, 악일까.

그 모든 게 뒤섞여 있다면 그걸 무엇이라 불러야 할까.

그런데 아무리 생각해봐도 그런 것들이 내가 나인 이유가 될 수는 없을 것 같았어요. 그런 것들이 고유하다고 말할 수는 없잖아요.

얼마나 많은 기체와 액체와 고체가 있습니까?

얼마나 많은 기쁨과 분노와 슬픔이 있습니까?

얼마나 많은 선과 악이 있습니까?


사이.


**검은 실루엣** 맞아요. 나는 내가 나인 이유를 찾아 사막까지 왔습니다.


사이.


**검은 실루엣** 사막에서 가장 놀라웠던 건 소리였어요.

바람 소리, 모래가 움직이는 소리, 그의 목소리.

모든 존재는 소리를 낼 줄 알았죠.

그때 생각했어요.

내가 나인 이유는 어쩌면 나만의 소리 때문이 아닐까.

나만의 리듬 또는 멜로디.

그래서 분열이 시작되면 나의 음이 파동처럼 공기 중에 흩어지는 게 아닐까.

음, 음, 음.

이렇게.

음, 음, 음.

들리나요?

지금 내게 남은 건 이런 거예요.

음, 음, 음.


검은 실루엣이 계속해서 '음, 음, 음' 흥얼거린다.

어딘가에서 검은 실루엣을 따라 '음, 음, 음' 흥얼거리는 소리가 들린다.

검은 실루엣은 소리를 멈추고 귀를 기울이지만 아무 소리도 들리지 않는다.

검은 실루엣은 다시 '음, 음, 음' 흥얼거렸고, 그러자 화면 속에서 '음, 음, 음' 소리가 들린다.

화면에 메마르고 뾰족한 산이 보인다.


**검은 실루엣**  음, 음, 음.

**목소리**　　음, 음, 음.

아이는 높은 산을 오릅니다.

그 산은 아이가 살던 곳에 있던 작은 화산과는 달랐습니다.

그 산을 오르는 것은 너무 힘들고 외로운 일이었습니다.

아이가 산 정상에 올랐을 때, 멀리 골짜기가 보였습니다. 아이는 혹시나 하는 마음에 그곳을 향해 소리쳤습니다.

"거기 누구 있어요?"

곧바로 누군가 대답합니다.

"거기 누구 있어요?"

아이는 반가운 마음에 대답합니다.

"여기 있어요!"

그쪽도 아이에게 대답합니다.

"여기 있어요."

아이는 그 목소리가 너무도 절실하다고 생각했습니다.

음, 음, 음.

음, 음, 음.

음, 음, 음.


검은 실루엣이 화면을 바라보며 귀를 기울인다.

**검은 실루엣**  거기 누구 있어요?

**목소리**   거기 누구 있어요?

**검은 실루엣**  내가 그쪽으로 갈까요?

**목소리**   "내가 그쪽으로 갈까요?"
골짜기 어디쯤에서 누군가를 애타게 찾는 목소리가 들려왔습니다. 아이는 뭐라고 대답해야 할지 몰라 가만히 있었습니다. 골짜기 너머의 그 사람은 아이가 말하기 전까지 절대 입을 열지 않았습니다. 아이는 다시 물었습니다.

**검은 실루엣**  아직 거기 있어요?

**목소리**   "아직 거기 있어요?"
아이와 그의 대화는 계속 어긋났습니다. 아이가 물으면 그가 똑같은 것을 묻고, 아이가 답하면 그도 똑같이 대답했습니다. 그는 아이처럼 말하고, 아이처럼 침묵했습니다.

**검은 실루엣** 나처럼 묻고 나처럼 대답하는 존재라니…….
나는 견딜 수 없었습니다.


**목소리**　　아이는 침묵했습니다.
그의 말을 기다렸습니다.
그가 모습을 드러내기를 기다렸습니다.
아이와 다른 얼굴로, 다른 목소리로 "여기 있어요" 하
고 말해주기를.
그때 아이는 태어나서 처음으로 외로움을 느꼈습니다.
아이는 궁금했습니다.
자신을 이토록 외롭게 만드는 존재가 누구인지 알고 싶
었습니다.


**검은 실루엣** 그런 밤이 있었습니다. 검은 상자 안에 갇
힌 느낌이 드는 밤이.


**목소리**　　"이건 상자야. 네가 원하는 것은 이 속에 있
어."
조종사가 말합니다.
"상자 안에 있으면 안전할 거야."
조종사가 말합니다.

"내가 원한 것이 이거야."

아이가 말합니다.

"그런데 상자 안에 있는 건 어떤 느낌일까?

아이가 묻습니다.


**검은 실루엣** 어둠은 검은 상자였어요. 상자 밖에서 상자를 열어줄 이가 없다는 게, 상자에 손을 넣는 이가 없다는 게, 무엇보다 상자 안에 나뿐이라는 게 나를 외롭게 했습니다.

거긴 아무도 없었어요.

나를 외롭게 하는 나와 나, 오직 나뿐이었어요.


화면 속 땅거미가 진다.


**목소리**　　밤이 찾아옵니다. 밤은 상자처럼 아이를 어둠 속에 가둡니다. 아이를 가둔 밤은 모서리부터 허물어집니다. 물에 젖은 상자처럼 주저앉습니다. 흐물흐물해지기 시작합니다. 물컹해집니다. 투명해집니다. 뱀처럼 기어다닙니다. 밤은 슬그머니 아이를 덮칩니다. 아이의 피부 속으로, 뼈 사이로 침투합니다. 심장을 파고듭니다. 아이는 점점 밤처럼 어두워집니다. 아이의 윤

곽이 지워집니다. 아이는 밤의 일부이자 어둠 속의 또
다른 어둠이 됩니다.

밤이 출렁입니다.

밤은 검은 액체입니다.

액체로 된 상자입니다.

상자는 아이를 가둡니다.

**검은 실루엣**  나는 노래하기 시작했어요.

잠이 안 올 때, 캄캄할 때, 무서울 때, 그럴 때 우리가 가
진 무기는 딱 하나잖아요.

노래하는 것.

음, 음, 음.

**목소리**      음, 음, 음.

**검은 실루엣**  음, 음, 음.

이렇게 노래하면 내 노래를 따라 부르는 어떤 목소리가
있었습니다.

**목소리**      음, 음, 음.

**검은 실루엣**  음, 음, 음.

그가 따라 하자 화음이 됐어요.


**목소리**      음, 음, 음.


**검은 실루엣**  음, 음, 음.

돌림노래 같기도 했고요.


**목소리**      음, 음, 음.


**검은 실루엣**  내가 끝낼 때까지 절대 멈추지 않는 노래.

음, 음, 음.


**목소리**      음, 음, 음.


**검은 실루엣**  내가 끝내야 멈추는 노래.


정적.

화면에 다시 눈 내리는 풍경이 나타난다.

무대 위에 눈송이가 하나둘 날린다.

**검은 실루엣**  오늘의 노래는 끝났습니다.

또 다른 오늘이 오면 나는 같은 노래를 부를 거예요.

오늘을 오래 살면 오지 않은 오늘도 알 수 있습니다.

오늘은 아직 아무 일도 일어나지 않았습니다.


검은 실루엣이 다시 의자에 앉는다.

화면 속 황금빛 사막.


**목소리**      사과나무 밑에 사막여우가 있습니다.

사막여우는 "안녕" 하고 아이에게 말합니다.


검은 실루엣이 가만히 화면을 바라본다.


**목소리**      사막여우는 아이의 발소리를 압니다.

사막여우는 아이의 발소리를 들으면 굴 밖으로 뛰쳐나

옵니다.

아이는 금빛 머리카락을 가졌습니다.

사막여우는 금빛으로 무르익은 밀을 보면 아이를 떠올

립니다.

사막여우는 밀밭을 지나가는 바람 소리도 사랑합니다.

사막에 바람이 분다.

바람 부는 소리가 들린다.

검은 실루엣은 가만히 자리에 앉아 그 소리를 듣는다.

바람에 창문이 덜컹거리는 소리.

바람에 나무가 흔들리는 소리.

바람에 밀밭이 일렁이는 소리.

검은 실루엣이 바람을 만진다.


**목소리**　　　"부탁이야, 나를 길들여줘."

사막여우가 아이에게 말합니다.


**검은 실루엣** 사막여우는 고온의 사막기후에 적응하기
위해 귀로 열을 배출합니다. 그래서 귀가 크죠.

북극여우는 귀가 작아요.

사막여우는 모래 색깔입니다. 황금빛 모래 색깔이요.
물론 사는 곳에 따라 색깔이 조금씩 달라지기도 하지만
대체로 비슷해요. 사막에 모래바람이 불면, 사막여우의
털이 일어나는 것처럼 보입니다.

나는 사막을 보면 사막여우를 떠올립니다.


화면 속 다시 눈 내리는 사막.

**목소리** 　　사막에 오랫동안 눈이 내립니다.

사막여우의 커다란 귀가 작아집니다.

사막여우의 황금빛 털이 하얗게 바랩니다.

사막에서 사막여우가 사라지고 있습니다.

사막이 사라지고 있습니다.


**검은 실루엣** 언제부터 사막에 눈이 내렸는지 기억나지 않습니다. 내 기억은 이미 꼬리를 흔들며 달아났고, 나에게 남은 것은 감각뿐이니까요.

모래와 똑같은 색의 털을 쓰다듬었던 느낌.

손바닥에 털이 닿았던 느낌.


검은 실루엣은 허공을 만지고, 더듬는다.


**검은 실루엣** 그 감각은 여기 이 손바닥 어딘가에 있지만, 허공에는 아무것도 남아 있지 않습니다.

눈도 바람도 기억도 나를 통과해 달아났고, 허공에는 아무것도 없습니다.

손바닥에 남아 있던 느낌마저 사라지면 오늘이 끝날까요?

검은 실루엣은 손을 가만히 쥔다.

**검은 실루엣**  모두 다 잃고 싶진 않지만,
모두 다 잃게 된다면 내게 무엇이 남을까 궁금합니다.
다 잃고 나면 어떤 오늘이 올까요?

사이.

**검은 실루엣**  한 가지 확실한 것은 잃고 나면 반드시 달라
진다는 것입니다.
내가 무언가를 잃을 때마다 나를 감싸고 있던 껍질들이
하나씩 떨어져나갔어요.
어쩌면 그것이 분열의 시작이 아니었을까요?
나는 나의 본질에 다가가기 위해 그 무언가를 잃었던
게 아닐까요?
다 잃은 후에 남은 게 진짜 내가 아닐까요?
내가 잃은 것은
나의 별,
석양,
사막여우,
또.

사이.

**검은 실루엣**  내가 잃은 것은……
코끝에 온기처럼 남아 있던 냄새,
뾰족한 가시를 가진 꽃,
또.

사이.

**검은 실루엣**  뭐였을까요?
아니, 질문을 바꿔야 합니다.
잃은 게 무엇인가가 아니라, 잃은 후에 남은 게 무엇인
지를 물어야 합니다.
오래 만지면 뜨거웠던 것들이 식어버리고 남은 것.
잃어버린 슬픔이 무한대로 반복되는 세계의 어떤 것.
그건 무엇일까요?

사이.

**검은 실루엣**  오늘은 아직 아무 대답도 듣지 못했습니다.
나는 여전히 기다립니다.

화면 속 눈 오는 풍경.

**목소리**　　　눈밭을 걷는 이가 있습니다.
새겨지는 발자국이 있습니다.
지워지는 발자국이 있습니다.

종 울리는 소리, 북소리, 나지막하게 기도하는 소리가
들린다.

**목소리**　　　기도는 신과 소통하려는 행위입니다.
기도는 신에게 간절히 비는 행위입니다.

**검은 실루엣**　언젠가 세상에서 가장 불행한 존재가 있다
면 그건 신이 아닐까 하는 생각을 했습니다.
사람들은 불행 앞에서만 신을 찾으니까요.
너무 많은 고통이 있습니다
너무 많은 기도가 있습니다.

**목소리**　　　눈이 옵니다.
조종사는 기도합니다.

화면에 끝없이 펼쳐진 사막 위를 날아가는 비행기가 보인다.

**목소리**    조종사는 서둘렀습니다. 그게 무엇이든 상관없이 그는 무언가를 향해 서둘렀습니다. 쓰러지기를 원하는 것처럼. 땅을 보며 걷기도 했습니다. 신기루가 보이기도 했습니다. 풀썩 주저앉기도 했습니다. 그는 모래와 다를 게 없었습니다. 그의 안에 있던 모든 것이 지워졌습니다.

하얗게 덮이는 화면.
비행기 날아가는 소리.

**목소리**    조종사의 비행기는 해안선 너머로 사라졌습니다.

**검은 실루엣** 비행기는 해안선 너머로 사라졌지만, 나는 그의 영혼이 사막으로 돌아온다는 것을 압니다.
영혼은 고통의 자리로 돌아오니까요.
영혼은 상실의 자리로 돌아오니까요.
영혼은 고통과 상실이 사랑의 이면이라는 것을 알게 됩

니다.

영혼은 모든 것을 잃고 나서야 비로소 영원을 알게 됩
니다.

**목소리**　　　"'덧없다'는 건 무슨 뜻이야?"

아이는 한번 질문을 시작하면 멈출 줄을 몰랐습니다.

"머지않아 사라질 위험이 있다는 뜻이야."

그가 대답했습니다.

"사라진다는 건 없어지는 거야?"

아이가 물었습니다.

"사라진다는 건 다른 곳으로 옮겨가는 거야."

그가 대답했습니다.

"그럼 여기 없는 거야?"

아이가 다시 물었습니다.

"여기에 없지만, 저기 어딘가에는 있는 거야."

그가 대답했습니다.

"저기는 어디야?"

아이는 한번 질문을 시작하면 멈출 줄을 몰랐습니다.

"보이지 않는 곳. 보이지는 않아도 존재하는 곳."

그가 대답했습니다.

"같이 갈까?"

아이가 물었습니다.

"거긴 혼자 가야 해."

그가 고개를 저었습니다.

"무섭지 않을까?"

아이가 물었습니다.

"가서 기다리면 돼."

그가 대답했습니다.

"기다리면?"

아이는 물었습니다.

"영원히 헤어지지 않게 돼."

그가 대답했습니다.

아이는 그제야 질문을 멈춥니다.


**검은 실루엣**  나는 기다리고 있습니다.

이곳에서 나의 일은 기다리는 것입니다.

처음에는 눈이 멈추기를 기다렸어요. 내 시야를 가리는 이 눈발이 그치면 선명하게 떠오르는 것이 있으리라 생각했습니다.

그다음에는 기억이 돌아오기를 기다렸어요.

모든 것이 구체적인 형상으로 떠오르면 선명하게 보이는 것이 있으리라 생각했습니다.

그런데 이제는 아니에요.

나는 눈에 완전히 파묻히기를 기다립니다.

하얀 어둠 속에서 눈이 멀어버리기를 기다립니다.

아무것도 보이지 않게 되기를.

기억들이 완전히 사라지기를.

기억을 붙드는 감각들도 모두.

그렇게 분열을 끝내기를 기다립니다.


화면에 해안선 너머로 석양이 보인다.


**목소리**      해가 지고 있습니다. 조종사는 저공비행을 시작합니다. 마을이 보입니다. 집집마다 형형색색의 빨래가 널려 있습니다. 영혼이 널려 있는 것처럼. 풍선 같은 것들이 날아오릅니다. 영혼이 구름 위로 올라가는 것처럼.

이제 조종사는 해안선을 향해 날아갑니다.

밤이 옵니다.

조종사는 밤의 품속으로 날아갑니다.

네모난 상자 같은 밤을 열고,

어둠 속으로.

화면 속에 눈이 내린다.

**검은 실루엣** 기억이 흩어집니다.
기억이 달아납니다.
지금 내리는 것은 부서진 빛입니다.
부서진 기억입니다.
모든 것이 나를 통과합니다.
나를 통과해 달아납니다.
사막은 뜨겁습니까?

눈송이를 만진다.

**검은 실루엣** 뜨거운 것은 모두 어디로 갑니까?
빛이 부서지면 어둠이 됩니까?
감각의 기억이 지워집니다.
지워진 것은 무엇입니까?
나는 기다립니다.
아직 아무 일도 일어나지 않았습니다.
무대 위에 눈이 내린다.

**검은 실루엣** 이제 오늘이 끝나갑니다.

오늘이 끝나면 또 오늘이 시작될 거예요.

나는 오늘 물었던 질문들을 다시 물을 겁니다.

질문이 내가 되고 내가 질문이 될 때까지.

나는 오늘 했던 이야기들을 다시 시작할 거예요.

내가 이야기가 되고 이야기가 내가 될 때까지.

나는 또 기다릴 겁니다.

내가 기다림이 될 때까지.


화면이 온통 하얗다.


**목소리**    조종사는 하얀 어둠 속으로 들어갑니다.


무대 위에 눈이 내린다.

암전.

전환의 장

하나의
극이

끝나고 나면

하얀 화면.
어둠 속에서 발소리가 들린다.


**또 다른 목소리**  오늘은 눈이 옵니다.
오늘과 오늘 사이에도 눈이 옵니다.
이곳에서는 늘 눈이 옵니다.
선율 같은 눈이 옵니다.
누가 남긴 멜로디일까요?
나는 눈의 노래를 들을 수 있습니다.
음, 음, 음.
이런 노래.
음, 음, 음.

무대 위로 눈송이가 하나둘 떨어진다.


**또 다른 목소리** 오늘은 아직 아무 일도 일어나지 않았지만,

기다리던 그것은 오지 않았지만,

내게는 다시 시작하고 싶은 이야기가 있습니다.

영원한 아이와 나의 이야기입니다.

한 번도 아이였던 적 없는 아이와 당신의 이야기이기도 합니다.

양과 장미와 사마귀가 상자를 열고 나오는 이야기.

아이와 나와 당신이 상자를 여는 이야기.

하얀 어둠을 지나 검은 상자를 열고 나가면 무엇이 나올까요?

아이와 내가 상자를 열고 나가면……

어쩌면 오늘은,

어쩌면 오늘은,

다를지도 모릅니다.


발소리가 점점 가까워진다.


**또 다른 목소리** 이것은 이야기의 시작입니까, 끝입니까?

기다리던 것이 오면,

상자를 열면,

다른 오늘을,

다른 이야기를

다시 시작할 수 있습니까?


눈이 멈춘다.

화면이 꺼진다.

환한 조명이 하나씩 켜진다.

거기, 진짜 세계가 있다.

빛과 색과 소리의 세계.


수없이 많은 외로운 멜로디들이 포개져 화음을 이루고,

노래가 되는 세계.


막.

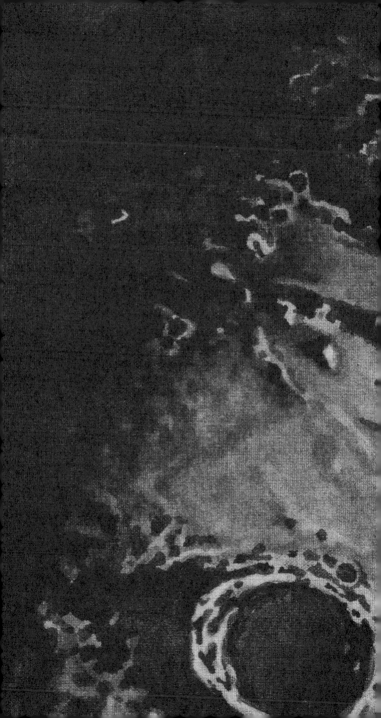

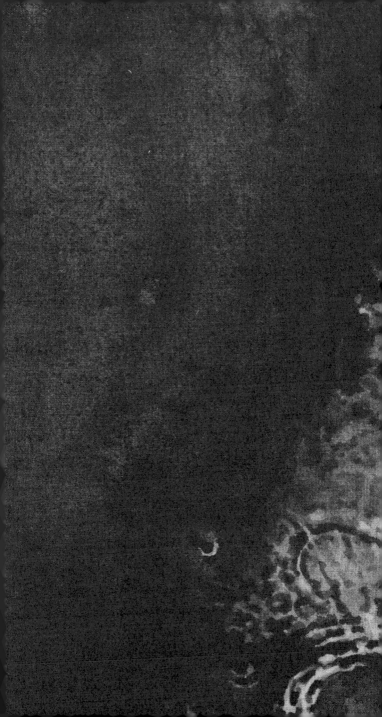

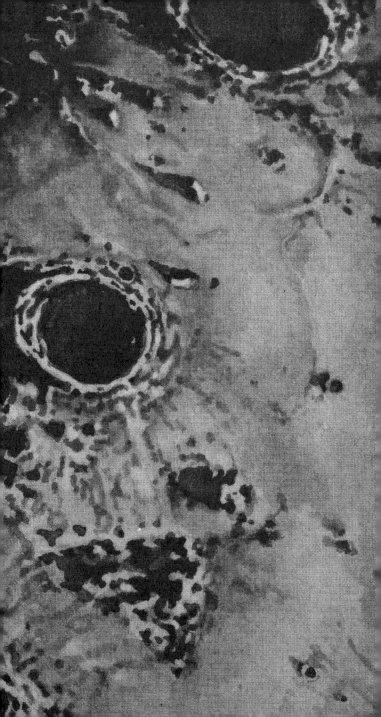

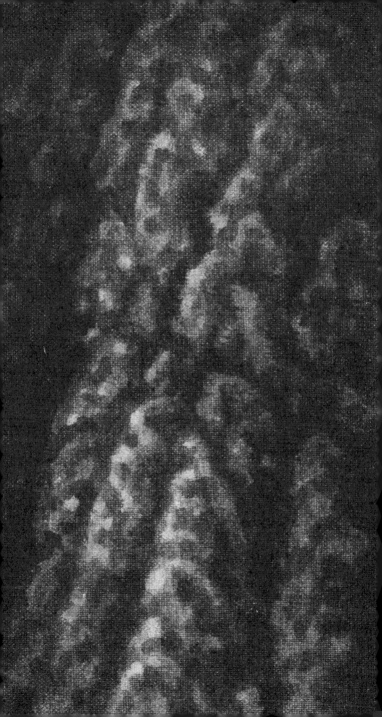

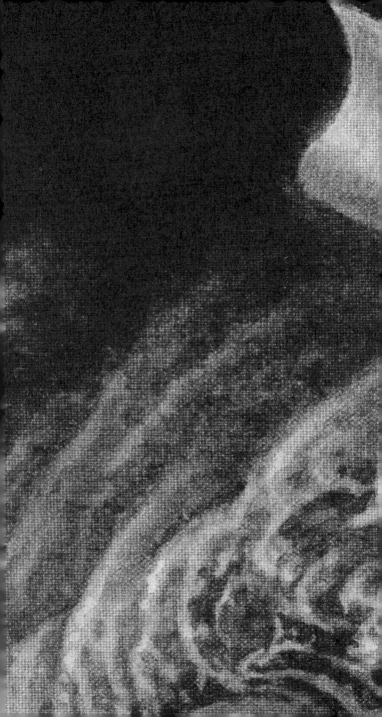

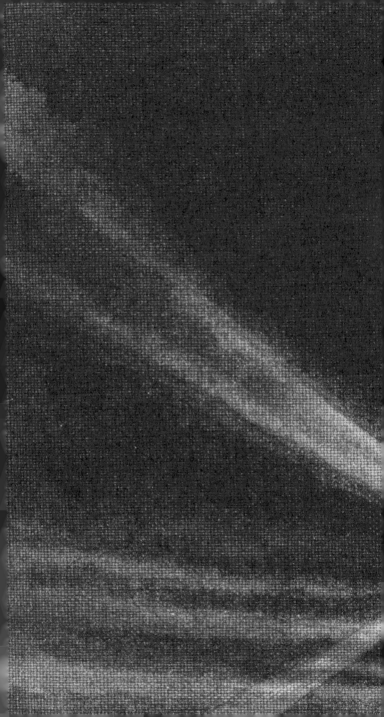

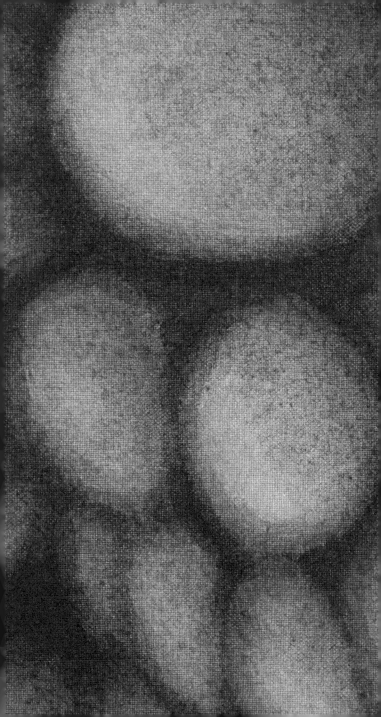

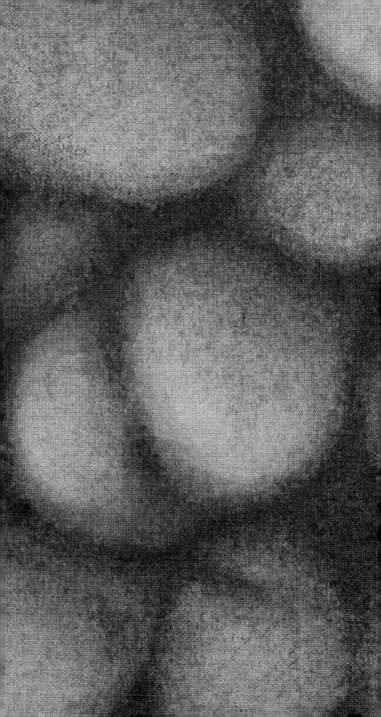